インフィニット・ワーズの詩（1）

輝ける生命のメッセージ

白光出版

目次

地球に天使が舞い降りる

あなたには生きる意味がある

心の扉を開く祈り

壁のない世界へ

ミッション達成の時

カバーデザイン　原　良子
カバー写真　吉川栄省
挿画　有沢昱由

インフィニット・ワーズの詩（1）　輝ける生命のメッセージ

地球に天使が舞い降りる

無限なる歓喜

神々のもとで
一つの高貴なる魂が
地上に降り立つのをじっと待ちわびていた

神々と共に
地球の様子を夕陽が沈むまで眺めていた
山があり　森があり　川があり　畑がある
海があり　雲があり　空があり　星がある

戦いがあり　飢餓があり　差別があり　病気がある
苦しみがあり　悩みがあり　罪があり　罰がある
真っ青な空　七色の虹
風が駆け抜け　光が追い抜いた

一つの高貴なる魂と神々は
地球を飽きもせず眺めている

地球は二千年を迎えた
大調和　大完成に向かって
地球に何かが始まろうとしている
ヨーロッパ　アフリカ　アジア　北米　南米　オセアニア　南極

神々は
一つの高貴なる魂に問う
「どちらの国に降り立つか」

高貴なる魂は威厳に満ち　神々に答える
「私は日本国に降り立ちます
私の天命は　世界の平和と人類の幸せにあるのです
生命は永遠　肉体の生命は人類の平和と幸せのために捧げるのです
無限なる喜びをもって
私は日本国に降り立ちます

そこでは多勢の光をまとった私の友が待っています

今までこの私を地上に迎えるために
どれだけの人々が世界平和の祈りを祈りつづけてくれたことか
私が降り立つ場がやっと出来たのです
時が満ちたのです
私が多くの光の友と共に世界平和のために働く時に至ったのです」

神々は語らう
「そうだ　今こそあなたの活躍する時が来た
高貴なる魂よ　日本に降り立て　そして働くのだ
全人類のために生きるのだ
日本国にはあなたを迎える用意がすべて調っている」

高貴なる魂は
これからの自らの大いなる働きに当たって
力強くうなずき
神々に向かってはっきりと宣言した
「さあ　肉体の衣をまとい
私は地上に降り立ちます
私は生命《いのち》の喜びを全人類に知らせます
生命の尊さ　生命の素晴らしさ　生命の輝きを
私の身をもって知らせます
地上にはびこっている固定観念や自縄自縛の道をとり払いにゆきます
どんなことも　必ずすべてはよくなる　絶対によくなる
ということを身をもって知らせにまいります

今生に決して不可能なことはないことを知らせます
病気も自らの心の在り方　そして自らの内なる力によって治ることを知らしめます
心で思ったことはすべて　実現することの真意を知らせます
地上に降り立つことは　何と素晴らしきことか
地上での役割を得たことは　何と有り難きことか
地上での生命は何と輝かしきことか
肉体の衣をまとって生きることの奇跡
肉体の尊い存在そのものを教えにまいります
神々よ　見ていてください
地球は必ず平和になるよう、世界人類がみな、幸せに導かれるよう
この生命を捧げてまいります」

地球に誕生する天使からのメッセージ

私たちははるか宇宙の高みから地球を眺めていた
地球は紺碧《こんぺき》の海と大陸とのコントラストが
美しいハーモニーを醸し出していた
地球の周りが青い光に包まれ
銀色に輝いているのをはっきりと見ていた
まるで地球は生命体そのものである

私たちが地球にさらに近づくと

地球の表面がくっきりと浮かび上がってきた
そこからは神々の創造した大自然の営みの生命《いのち》の鼓動が伝わってきた
緑したたるエメラルドの樹海
青く光るコバルトの海
赤黄色をした砂漠の荒野
雪におおわれた山脈
深い霧が立ち込める大都市
すべてが見事に調和し　完璧である
そこには国境はない

私たちはさらに地球を拡大して眺めると
地球の外側の輝きに比し　地表の汚れはもはや隠すことは出来ない

大洪水や大噴火　大地震にて
地球の一部が傷つき　痛んでいる状況を目にした
自然の調和を乱し　各大都市に聳《そび》え立つビルの群れ　群れ　群れ
空気や水は汚染され　環境破壊がどんどん進んでいる
町や村が戦争によって破壊されている
何としたことか

さらに私たちは人類に焦点をしぼって地球を眺めるに
国家　民族　人種　宗教による差別
政治体制の崩壊　社会構造や家族構成の乱れ　権力抗争の縮図
人類の心は退廃し　すべて物質主義に偏り　物質万能の時代を迎えている
果たしてこれでよいのか

人類一人一人の心は不安と恐怖におののき
常に不平不満を叫んでいる
人類の欲望は果てしなくおさまることを知らない
まさに人類が同じ人類を滅ぼし
破滅の方向に向かっている

私たちはもうこれ以上　地球を見てはいられない
もうこれ以上　地球を放っておくことは出来ない
私たち天使群は
いよいよ時満ちて二十一世紀に至った今より
地球人類救済のため　次々と地上に誕生するのだ
すでに二十世紀において地上に誕生した私たちの同志が

目覚ましい活躍を始めている
世界各国各地において誕生した私たちの同志は
お互いに結ばれはじめ
地球を　世界を変えようと働きはじめた
私たちは各国　各民族　各人種　各宗教の中に
政治　経済　医療　教育　芸術の各分野の中に
そしてあらゆる職種の中に入り込み
すべての人々を真理に目覚めさせるよう義務づけられている

私たちの内より突き上げてくる
この精神の高揚
はるかずっと昔　地球という惑星に生きていた過去の記憶を呼び覚まし

人類を救わんという使命感に燃え
宇宙規模の任務を遂行するため
地球誕生を決意しているのである

私たちは人類に役立つために
人類に奉仕し貢献するために
究極の真理を顕現し世に証《あか》す天命を担っているのである

そのため　私たちは
私たちの魂のレベルに最もふさわしい
カップルの中に宿るのである

それ故に　私たちは
はるか宇宙の高みから地球を眺め
世界平和を祈る青年男女や
祈りの同志の子孫　親戚　縁者　友人知人のもとへの誕生を
見定めているのである
もちろん　それ以外にも各国各地にて
すでに真理に目覚めている人々の存在や団体も認知している

私たちが地上に誕生することにより
その両親はもちろんのこと
その家族　その親戚　その周りの多くの人々が
即　幸せへと導かれてゆくのである

真理へと自ずと目覚めてゆくのである
私たちの存在は光そのもの　真理そのものであるから

私たちが今生に誕生できるよう
祈りで否定的な思考　宗教的なカルマ　物質偏重による黒雲を祓《はら》い浄め
祈りにて真理を満たし
美しき光の道を完璧なまでに用意し整えてくれた人たちに
心より敬意を表すのである

私たちが誕生した後は
あなた方は即　私たちに気づくはずである
なぜなら　あなた方もまた気づくほどの気高い高貴なる魂だからである

そしてあなた方はもっともっと高く飛翔しつづけ
個人人類同時成道の神の道を世に示し
世界中で最も光り輝く神となるのである
そこには幸せも　富も　繁栄も　成功すらもすべて消え失せ
ただ光そのものが　真理そのものが君臨するのである

私たちは　はるか宇宙の高みから地球を眺め
二十一世紀における私たちの誕生のために
一生懸命祈りつづけてくださった
神人および神人予備群の方々に
心より無限なる感謝を捧げるのである

では　お会いできる日を
心より楽しみにしています

大変遷期の終焉

生、老、病、死、……
我々は、これまで自分にかかわることのみを
追求し、考え、生きてきた
自分の幸福、自分の苦悩、自分の真理への目覚め、心の平安
常に自分のことのみが先行し、人類のことはあとまわしにした
ましてや動物、植物、大自然、そして生きとし生けるもののことなど眼中
　に無かった
あるのは、自我、我欲、執着の想いのみ

他の一切のことはあずかり知らなかった
人類は、自らが自らの意識を束縛し
自らの可能性を閉じこめ
自らの自由を抑圧し
自らの存在を打ち消してきた
そして、世界に葛藤、対立、苦悩、衝突を引き起こし
ついには戦争、貧困、飢餓、病気、テロなどの行為に至り
地球人類崩壊の道を辿らざるをえなかった

大変遷期はいま終わろうとしている
人類は聖なる神我に目覚めはじめている
生命の精妙な領域

自らの目的と使命
光の存在
ワンネス
個を超えた慈悲心
宇宙との共鳴
進化と再生

人類は、自らが自らを解放し
自らが自らを赦し
自らが自らを愛し
自らが自らを癒す

人類は、宇宙生命の根源の力に目覚めつつある
人間の思考を超えた高次の力を自覚し
意識の目覚めを体験し
ついには光に至るのである
宇宙の扉は人類一人一人の手によって開かれたのだ
人類の意識は
生命とは
天命とは
魂の進化とは
神我とは……に向かっている
人類は本質を探求しはじめ
限りなく究極の真理に近づきつつある

かつての人類は、長い負の遺産を担いつつ生きざるをえなかった
現代に生きる我々は
我々の世代の幸福を追求するのではなく
未来世代の人類のために貢献し
世界の平和と人類の幸せを心より願い
そのための努力、忍耐を惜しまず
真の世界平和を創造してゆくのである

今こそ地球新生のとき

ほつれゆく生命の織物
今や　地球の四分の三の土壌が痩せているという
環境汚染　森林破壊　農薬による害
水や大気の汚染　異常気象

地球のエコシステム（生態系）は
本来耐性・再生能力に長《た》けているという
だが　人類の飽くなき欲望は

ついにその一定の限界を超えて
その生態系を切り崩し
再生能力を失わせしめているという

生物種の三分の二が生息する森林は
気候を調節し　水を蓄え
生命の営みを維持しつづけてきた
だが　その森林の役割も
人類の飽くなき欲望に負け
達成不能に近い状態に追い込まれているという
今や　世界の至る所で　地球の生命は蝕《むしば》まれてゆく

川から海に流れ出た有害な廃水によって
海洋に出来た死の水域
珊瑚礁の五八パーセントの生存が危ぶまれ
牧草地の八〇パーセントは土壌が劣化し
地下水は至る所で枯渇しているという

地球は今　産みの苦しみに耐えている
大自然と人類との共存の限界
大自然はあまねく人類のために　そのすべてを捧げ尽くしてきた
が　人類は大自然の恩恵に対して　何も報いてはいない

今がその時なのだ

今がその瞬間なのだ
今をおいての解決などあり得ない
人類は今　地球の大いなる無償の恵みに目覚める時なのだ

感謝は今　我々の心であり
癒しは今　我々の償いであり
調和は今　我々の愛のひびきであり
平和は今　我々の叫びであり
輝きは今　我々の目覚めである

地球よ　我々の懺悔を受け取られよ
地球よ　我々の傲慢さを赦されよ

そして我々は我々の無知を恥じ
我々の低次元意識に喝を入れる

地球は進化する一つの生命体
その地球の進化を阻《はば》む人類
その調和を破る人類

だが　今　この瞬間
人類は目覚め
霊文明の足音を聞き
新しい道は開けゆく

地球は新たによみがえり
地球本来の目的に向かって
人類とともに　進化の道を歩み出す

地球の栄光　ここにあり
地球さん　本当にありがとう

無限なる生命

地球環境保護が各地で叫ばれて久しい
環境汚染　自然破壊は種の存続をはばみ
人類も滅亡の危機に瀕《ひん》している

この大自然の法則の掟を破り
自然の生態系を破壊しつづける
人類のあくなき欲望
放っておくと全地球を破壊し尽くすまで続くことであろう

それだけ人類の心が荒廃している証だ
地中奥深くに
およそ人間の眼の届かないところに
多くの昆虫　微生物が生息しているのを
どれくらいの人が知っているのであろうか

人類の繁栄と称して
地中は掘り返され　電線や鉄骨やコンクリートが埋め込まれ
昆虫は次第に自らの住家《すみか》をなくしていった
仕方なく地上に現われた昆虫は
人間に踏み殺され　薬で封じこめられた

肥沃な土地は汚染され
昆虫は一体どこに生息したらよいのであろうか
人類によって住家を害された昆虫は
生きるところを探し求めると殺される
昆虫も自らが好き好んで人間の住む場を侵すつもりは毛頭ない
種の絶滅を恐れるのは本能である
限りなく生きようとし　生きる場を切実に探し求めている

私はシンガポールの昆虫博物館にて
一人の昆虫採集家に出会った
彼はサソリや毒グモを
自分の恋人のように扱っていた

サソリや毒グモは彼の手の平で
おとなしくじっと黙していた
刺す心がなければ　刺す必要もない
愛と信の強い絆で結ばれていた

彼は博物館にて常に生きた昆虫を人々に見せるために
アフリカ　中東　オーストラリア　アジア等の
砂漠やジャングルに出向き　昆虫採集をする
昆虫の中には擬態化し　周りのものにすっかりとけこんで
昆虫の生態そのものを隠すものもいる
葉脈がそのまま浮き出た緑の葉になったり
細かい枯枝に擬態化したり

昆虫同士さえも見分けがつかないほど芸術的である
そんな困難極まりない状況のもとで採集するのである
彼はそれらの昆虫に語りかけるという
心を静謐《せいひつ》にし　意識を昆虫に集中し
愛と慈しみと懐かしさの心をもって
昆虫に語りかけるという
サソリさん　毒グモさん　どこにいるの
枯葉のようなカマキリさん　どこにいるの
すると　サソリや毒グモのほうから
私はここに居ますと応えてくれるという

何と高い次元の出来事であろうか

毒グモもサソリも彼の心を信じ
自らの生命を投げ出してくるという
自らが進んで彼の獲物になろうと
体も生命も彼のために捧げるのだ

なぜ人類だけが昆虫にも劣る恥ずかしき行為を繰り返すのであろうか
お互いがお互いを憎しみ合い　恨み合い
殺しつづけるのであろうか
この地球上に生息しているすべての生きとし生けるものよ
人類のあくなき欲望を赦したまえ
人類に内在している崇高な神の心を　愛の心を　慈しみの心を蘇らせるよう

私は祈る
そして祈り祈り祈りつづけてこそ初めて
人類が今日まで為しつづけてきた
すべての行為が赦されるのであろう

人間が心から自分の生命の尊さを知った時はじめて
他の生命の尊さをも知ることが出来るのであろう
無限に気高く神秘で偉大な存在
人間の生命そして生きとし生けるものすべての無限なる生命に
全感謝

地球の生命を守るために
～これ以上、加害者でありつづけてはならない～

かつて地球はこの上なく神秘に輝いていた
空気も水も大地も澄み浄まり
無限なるエネルギーに満ちていた

大自然はためらうことなく
生きとし生けるものに
微笑みを送っていた

人類は地球より与えられし
光の息吹に
癒しの息吹に
慈愛の息吹に
よろこびの息吹に
そして創造の息吹に
包まれ充たされていた

だが、地球はだんだん重苦しくなり
あらゆるものが生きにくくなってきた
人類の果てしなき欲望により
地球は限りなく破壊され、破滅へと追いやられていった

人類みな一人一人が加害者なのだ
地球はやがて死に体となるであろう

人類よ　このままでよいのか!!
このまま放っておいてもよいのか!!
今こそ人類一人一人は立ち上がり
地球の重荷を平等に背負ってゆかねばならない
もうこれ以上　誰も加害者でありつづけてはならない
破壊ではなく創造の道を
選択してゆかねばならない

愛は生命なり

今まで地球が無償で与えてきた
無限なる生命の糧を
もうこれ以上　果てしなく
奪いとる権利など誰にもない

地球人類よ　目覚める時が来た
これから誕生し
未来に生きる子孫のためにも
これ以上　生命の糧を奪いとってはならない
病み傷ついた地球に
心から赦しを請い
恩返しをする時が来たのだ

人類よ
一刻も早く真理に目覚め
無限なる感謝の波動を地球に捧げるのだ
地球さん　ありがとう

あなたには生きる意味がある

あなたには生きる意味がある

現代人の大半は
自らの人生に虚しさを感じている
慢性的な疲労感や倦怠感に打ちのめされ
毎朝、目覚めると
絶望感や無力感に襲われる

自らの未来に夢や希望を
抱くことすら出来ず

常に空虚感や孤立感にさいなまれ
強くたくましく生きる意味さえも見失っている

物質的には豊かになったにもかかわらず
現代人が抱えている悩みは実に大きい
さまざまな心の問題を引き起こしては
その解決の鍵を見出せぬまま
悲痛な叫び声だけが辺りに漂う

人間!!
これほど崇高にして気高く美しい魂
これほど尊く優しく慈愛溢れる魂

これほど無限なる可能性に満ち輝かしい叡智に溢れる魂
これほど神性の光に包まれ至福に生かされる魂

いかなる人間のいかなる人生にも
尊い深い意味が隠されている
どんなに生きることに疲れ
どんなに絶望している人でも
あなたの人生には、生きる意味がある
決してあなた一人だけが
この世の果てに取り残されてしまっているわけではない
すべては今、そのレベルを通過してゆくプロセスだ

なぜあなたは
他の惑星ではなく
この地球に
未来の時代ではなく
今の時代に
他の家族ではなく
今の家族に
生まれてきたのか
それはあなたがすべて選択したのだ
今、あなたの置かれている立場がいかなる状態であっても
その奥に尊く深く輝かしいあなただけの人生の意味が隠されている

自分の人生に
どんな生きる意味が与えられているのかは
人類一人一人が自分で探し求め
見つけ出す以外にない

何故人類はみな苦しむのか
神との一体感が失われると
人は誰もが生老病死の不安、恐怖に襲われる
だが人は誰もが本来　神と一つである
自らの永遠の進化のプロセスの中で
自らが生きる真の使命を担って
今生に生み出されてきたのである

宇宙神と自分とが全く一つであることを体験することこそ
今生に生きる天命である
人類即神也

人生に無駄なことは何もない

人類はみな高次の段階へと上昇してゆく
霊化してゆく、神化してゆく
故に何が起きようと、何も心配する必要はない
誰でもそれを受け止めるだけの度量を備えている
いかなる時でも、何事をも受容しようと決めたその瞬間から
普段の何十倍もの力が内より溢れてくるものだ
そんな時、特別な光明が自分のまわりを包みこんでくれるのだ
だからこそ悲しみや不幸が生じても

人間は必ず立ち直れるように出来ている
そのように計られている
深い悲しみもまた、少しずつ思い出にしてゆくことが出来る
次第に癒されてゆくのだ
いつまでも過ちや喪失を悲しんで何になろう

人類にとって無駄なことは何もない
強いて無駄なことといえば
危険と称し失うことを恐れて
何も為さないことだけだ
悔いを残さぬよう積極的に
自分に向かってくるあらゆる困難を

勇気をもって受けて立とう
すべてはやがて安らぎとなって返ってくる

深い悲しみも喪失もそして過ちも
自らが穏やかに迎え入れる時
内なる神の輝きを垣間見るのだ
常には光が差しこむことのない深い心の暗部にさえも
この時こそ特別な光明は染み透る
だからこそ無駄なことは一切ないのだ

何が起きようと
一週間がたち一ヵ月がたち一年がたち

苦しみが過ぎ去って
本来の自分に立ち返れば
その返ってゆく自分の足音に
次元上昇を体験するのである
平安な場を求めて各地を経巡り
安住したいといかなる情報をかき集めようと
自らの安らぎの場は、物質的な場にはなく
常に心の中に存在しているのだ
魂の中にあるのだ
自らの内にこそ本来の安住の場が存在するのだ

自分の前に生じるいかなる出来事も

ただ一喜一憂するだけで
何事も為さざれば
ただ運命に翻弄されるだけだ
一喜一憂の中にこそ
特別な光明が溢れ出る瞬間があるのだ
何も恐れることはない
宇宙の力を、無限なる神の愛を受け入れ
自分を強く信じることだ
自分以外に自分を高め上げ導くものはない
自らの魂を次元上昇させるチャンスなのだ

遂には、いかなる出来事にせよ

その喜びや悲しみに関わりなく
その出来事自体が
深い霊的成長に関わっていたことに気づく
ああ、自分は何と素晴らしきものかなと!!

すべては心

肉体がいかなる状況にあろうとも
すべての機能・臓器・器官の内なる働きは
常に完璧にそれぞれの役割を遂行しようと懸命に試み
癒し、進化し、創造しつづけているのである

肉体は本来何事も為しうるものなのである
修復しうるものなのである
自らの肉体の見事さ、完全さ、偉大さを

人は心から知らねばならない
たとえ肉体が傷つき病み痛んだとしても
肉体が癒されないということはない
肉体は放っておいても自然に癒され調和し
元の完全なる働きに戻ろうとするものなのだ
なぜならば、六十兆の細胞のＤＮＡの一つ一つが
宇宙の意志に従って存在し、役割を担っているからだ

その本来の働きを邪魔し、妨げ、混乱させているのは
自らの肉体に関する不安、恐怖の心そのものなのだ
それは自らの内に存在する癒す力、完全性、調和性、神秘性を信じていないからだ

自らの心が自らにしむけている業《なりわい》なのだ、習慣なのだ
自らの心を束縛し、制限を加え、働きを阻止しているのは
自らの否定的想念そのものなのだ
その否定的想念そのものが
自らの肉体の癒しを阻《はば》んでいるのである

肉体が病気になるのも健康であるのも　すべては心
病気が癒されるのも悪くなるのも　すべては心
幸せになるのも不幸になるのも　すべては心
善きことのみを引きつけるのも悪いことを引きつけるのも　すべては心
成功も失敗も　すべては心
人類の心がすべてを決定してゆく

自らの幸せも、人類の幸せも、地球の平和も、宇宙の調和も
自らの心がすべてを決定してゆく
人は欲望に把われている限り自らの心を縛りつづける
人は自らの欲望から解放された時
自らの思う通りの光り輝く人生を生きることが出来るようになる

幸福とは決して物欲の充足ではない
幸福とは心の中にまず幸福の状態があってこそ
はじめて幸福になってゆくものだ

物事の業は心がすべて、心がすべてを支配する
充つるも欠くるも

貧も病も不幸もすべては心の為せる業である
だからこそ人類はみな自らの心を見つめ
自らの心を感じ、自らの心に問い
自らの心を諌《いさ》め、自らの心を正してゆくものなのだ

そのためには
真理の書をひもとき
真理に接し
真理を体験し
真理の人と交わる
真理こそ心が欲する栄養素なのだ
これこそ自らの心の欲望、束縛を解放し

自由自在に生きる道なのだ

心が乱れれば肉体も乱れる
心がだらければ肉体もまただらける
心が怠惰なら肉体もまた怠惰になる
すべては心だ　肉体は本来完全だ
心が肉体を駄目にする
心が肉体を弱めている
心が肉体を傷つけ痛め病ませるのだ
肉体は本来完璧だ　大調和だ
進化創造を司っている
そんな本来の肉体の役割を

ねじ曲げ酷使し痛めつけている自らの心
心が正しければ肉体も整う
心が真理に満たされていれば肉体も本来の完全さを発揮する

宇宙──心──肉体は
　一つに直結している
心が宇宙（真理）からはずれれば
　肉体ははずれた心に従う
心を無視して肉体のみが
　宇宙に直結することはない
心は宇宙（真理）と肉体のかけ橋だ
心が宇宙（真理）と直結すれば

たちまち肉体は本来の完全さを発揮する

人は本来
肉体の病を癒すのではない
肉体の病を癒すことに専念するのではない
まず心を癒すことに専念するのだ
心が癒されれば自然に肉体は癒される
肉体は心に従ってゆくものなのだ
心が真理に向かうようになれば
肉体の病は消える
すべての業は心なり
心こそすべてのすべてである

心の力、心の創造、心の調和
心の進化を学ぶことこそ人生である
地上における我々の天命である
病は心を正せば即消える
その真理にゆきつくための修業なり
人類即神也

無限なる癒し

宇宙の法則は
宇宙の神秘にみちている
本来の自分とは
〝己れが宇宙であり　宇宙が己れである〟
無限なる生命　無限なる魂そのものである

故に
自らの存在の奥を探求してゆくと

そこに宇宙の神秘を垣間見る
三十八億年という連綿と続いた生命の流れ
人間即宇宙存在を知るに至るのである
自分の魂の内奥は謎にみちている
内面にある光にみちたものを探求してゆくと
そこに神我の世界を見出すのである

人類はみな自分自身のことを
敬い　尊び　礼讃する心をもって扱うならば
自らは自らが尊んだ通りのものとなる
だがしかし　人類がみな自分自身のことを
罪や汚れ　不完全　病気にみちた

不調和なる存在として扱うかぎり
自らは自らが不完全　不調和として扱った通りのものになる

常に人類のみなが自らのことを
無限なる愛　無限なる叡智　無限なる幸せに満ちた存在である
と知るならば　いや確信するならば
それ以下のものを自らに引きつけることは有り得ないのである
人類はみな
全き調和　全き叡智　全き平安の中に包まれ生かされているのである
これらの能力を
他のいかなるものも奪い取ることは出来ない
人類はみな

大いなる宇宙の法則のもとにあって
神我に属するものを自分自身に引き寄せて生きていくのである

人類よ
汝自らが欲する姿
即ち真理そのもの　尊き理想の姿を心に思い描くのだ
そうすることによって
自らはもとより
他のいかなるものをも害さず　汚さず　憎まず
ただ高貴なる自分が存在しつづけるだけである

人類はみな一人一人

無限なる癒しの力を内に秘めている
肉体は神秘にして宇宙の秘密にみちている
癒しの力は
身体中至るところに遍満し
聖なる肉体の中に包まれている
この内なる偉大な力の存在に
誰もが目を覚まさなければならない

人類は何千年何万年という長きにわたって
自らにあらゆる制約と因襲
そして幻影と錯覚とを押しつけ
と同時に　それらに縛りつけられてきた

生命は本来　無限なる癒しの力を秘めている
癒しの力とは　無限なる生命エネルギー　無限なるパワーにみちあふれて
いる
自らを敬い　尊び　礼讃するところに
癒しの力は無限大に働く
自らを卑しめ　恥ずかしめ　責め裁き　否定するところに
癒しの力はその効力を失う
生命を余すところなく発揮して
輝かに生きている人たちに病気は無い
人類は常に宇宙神のヴァイブレーションの中に身を置くことにより
生命は輝きわたる

肉体の至るところに遍満している癒しの力により
自然と快癒してゆく
癒そうとする使命感　働きにより
完全なる肉体へと導かれ　ととのえられてゆく

無限なる癒しの力を大いに発揮させたいならば
決して決して自らを卑しめ　辱め　否定すべきではない
自らを責め裁き　追いつめてはならない
自らを赦し　慈しみ　信じてあげることなのだ
そして自らを敬い　尊び　礼讃することだ
そうすれば
癒しの力は大いに発揮されてゆく

自らがつくった病は本来　自らが癒すことが出来るもの
自らを癒すために
癒しの力は肉体のあらゆる組織　器官に存在し遍満しているのである
人類よ
その偉大なる力に目覚めるのだ
そのためには
大いなる真理に目覚めることだ

心の扉を開く祈り

真理に目覚めし人々の必死なる祈り

世界各国各地に　地球人類すべてに
崩壊と悲劇への序曲が鳴り始めている

人類一人一人の心の中から知らず知らずのうちに
忘れ去られてしまった神への郷愁、真理への道

人類の崩壊のシナリオはあくまでも
人類と物質との因果関係そのもの

人類一人一人の思考はあくなき個人の欲望へとひた走りに走り
人類は好んで危機的な段階へと突っ走っていった
科学の発展を支え、物質を謳歌し、優先し尽くしていった
人類と物質とのあくなき欲望の因果関係

その因縁を一刻も早く断たねばならぬ
その因果を一刻も早く切らねばならぬ

地球人類より先に真理に目覚めた人たちの必死なる叫び声が
世界平和の祈りに託され
世界各国に運ばれてゆく

人類にこの叫びが届かないはずはない
目覚めし人たちの無条件なる愛が　無私なる愛が
人類一人一人の心を揺さぶらないはずはない
絶対なる真理
それは無限なる愛、無限なる光、無限なる赦しそのものだ

すでに目覚めた人たちでさえ　時には
惑うことも迷うことも憂えることもある
憤ることも悲しむことも怒ることもある
だがしかし、自らのその迷いも憤りも悲しみも、まずはそのままに
世界人類の平和の祈りを捧げているのだ

人類一人一人はこの目覚めた人たちの
無私にして気高く崇高な愛の行為を
必ず聞きとげるであろう
そして自らの内なる神の声を聞くことだろう

いかなる人も魂の奥底に神の光がみなぎっているのだ
だが、その光は長い間
心の奥深くに閉ざされたまま眠ってしまっていたのだ
自らの固く閉ざされた心の扉を開けるのは
神でも聖者でも母でも子でも人でもない
自分以外の何ものでもない

その人類一人一人の重き扉を開ける鍵となり力となり得るのは
真理に目覚めた人たちの祈りにも似た魂の叫びなのだ

それは全人類一人一人が抱える不安、恐怖、罪悪をすべて包みこみ
全人類すべての罪がゆるされるよう
種々さまざまなる因縁に縛られし心が自由に解き放たれるよう
そして光に昇華させるよう祈りつづけているのである

祈り人たちの行為は
いついかなる時も、聖なる真理の光で
闇を照らし出してゆく

人類即神也　本来人類は皆一人残らず神なのであるという真理を世に照らし出し
全人類に祈りを捧げているのである
今日もまた真摯なる祈り人の祈りによって
人類の一人が真理に導かれてゆくだろう

子供たちの魂に光が灯るように

イスラエル・パレスチナの　政治や宗教対立に翻弄された子供たち
北朝鮮から脱北し親を殺された子供たち
イラク紛争にて一家離散となった子供たち
何の罪もない、いたいけな子供たちが犠牲となっている
この子供たちは深く深く傷つき、悲しみと苦しみを負っている
インドネシアの東部モルッカ諸島のアンボンで
イスラム教とキリスト教の宗教紛争のために
双方にチャイルド・ソルジャー（少年民兵）として

家族や村を守るため
殺戮を繰り返して、凄惨《せいさん》な現場に身をおいてきた子供たち

今それらの子供たちは大人の戦争に巻きこまれ
戦い傷つき
過酷なトラウマに苦しんでいる
彼らの心を誰が癒すことが出来るのか
彼らはその過酷な苦悩を心の中に閉ざし、何も語ろうともしない
語らないだけに、その苦悩の深さは計り知れない
私たち大人はこのような子供たちの心の中を
どこまで推し測ることが出来るのだろうか
想像は出来る　予想は出来る　仮定は出来る

が、果たして真実の心の中をどのようにして知りうるだろうか
子供たちは自分の魂のレベルで語ってはいるが
私たち大人はそれを読みとるだけの純粋性に欠けている
声で話すことを拒絶した彼らの訴える術を
その子供たちの真実の声を
どれほどの人たちが理解できるのだろうか
だが私にはその傷つき破れた魂のひびきを聞きとり
彼らの真実の叫びを理解することが出来る

いつ彼らに　自分の声で自由に人々に
真実を話す機会が訪れるのであろうか
彼らの悲痛な体験、胸がはりさけんばかりの苦痛の体験

その彼らの魂の叫びを伝える日はいつ訪れるのだろうか
彼らは未だ笑うことはない、笑えないのだ
笑いは彼らの心の深淵に沈めたままだ
声にならない声で
生きていることの不安、恐怖、憎悪、恨み、怨念などの想念が
私に伝わってくる

今では彼らの存在そのものを、彼ら自身が打ち消すように
自らの生そのものを否定しきってしまった子供たち
彼らには彼らの未来に待ちうけるこれ以上の過酷な運命を
甘んじて受け入れるだけの力はもう残ってはいない
自分たちの生命とひきかえに

大人たちを恨み、絶望、報復の怨念を放つ
暗黒の海にただよう子供たちの魂
私は　必死で世界平和の祈りを祈る
彼らの魂に光が灯るように
彼らの未来に希望があふれるように
そしてまた多くの祈りの同志が
世界平和の祈りを祈っている
無限なる愛　無限なる癒し　無限なる光は
彼らの魂を闇から光へといざなっている
彼らの魂は、その光にのって
世界へはばたこうとしている
彼らの固く閉じられた心の扉が少しずつ開かれ

自由自在の心をもって
広い大海原へ、青い大空へと飛翔しはじめるまで
私は世界平和の祈りを心をこめて祈りつづける

もうこれ以上、この世にこのような子供たちをつくり出してはならない
そのためにも我々は日々祈りつづけるのだ

輝かしき未来の幕開け

世界平和の祈りは
どこの宗教に所属していようが
どのような政治的概念を支持していようが
どんな哲学、信条を持っていようが
国家、人種、民族を超えて
善意ある人々に受け入れられ、支持され
真の世界平和の樹立のため
大いなる神のメッセージを運びつづける

世界平和の祈りは
人類の分離、分裂、対立、孤立を超え
大調和、包合、統一へと磁石のように結びつけてゆく
それはまた天の光、神の意志、究極の真理、無限なる力そのものである

世界平和の祈りは
日本で生まれたが
すべての国境を超え
世界中の神性、霊性に目覚めた善意ある人々に感応し
かつまた神性に目覚めた世界中の卓越した政治家、経済学者
指導者、科学者、芸術家の間に浸透してゆく
彼らの崇高なるビジョンを通し

世界は変えられてゆく
世界人類が一人残らず、最も平和を欲した時に
世界平和の祈りは
計り知れないほどの偉力を発揮し
世界中に浸透してゆく
それは今なのだ、今をおいて他にない
人類愛の思考とビジョンをもつ政治家、経済学者、科学者、芸術家と
善良なる民衆と
そしていかなる宗教団体、宗教組織にも把われない
崇高な意識をもった宗教者たちと共に手をたずさえて
世界の救済が為されてゆく

それは国境、宗教、人種民族、主義主張をこえて
それぞれがそれぞれに置かれた立場で
世界人類平和のために祈りを捧げることなのだ

世界平和の祈りは声を大にして叫び祈るのではない
かつまた、狂信や病的に興奮した献身を捧げるものでもない
あくまでも謙虚に
自らの内なる神性を発揮しつづけ
自分を磨き高め上げ
崇高にして気高い言動行為を
人類に示してゆくのである
静かに　目立たず　ひそやかに

真に世界の平和を望むならば

宗教間対立、宗教内対立
国家間対立、国家内対立
人種間、民族間対立、人種内、民族内対立
家庭内対立、個の対立、自らの内なる対立
人類の平和と幸せを常に根底から揺さぶりつづける対立
いつでもどこでも誰の心の中にもこの対立は存在する

一方、誰の心の中にも同時に和解の心、赦しの心が存在する

宗教は他の宗教を認め、互いに尊重しあい
被害者は加害者を赦し、和解への道を歩もうとする
宗教が悪いのではない、宗教者が誤っているのだ
国が悪いのではない、政治家が誤っているのだ
人種や民族が悪いのではない、人種や民族の中の過激な人々が悪いのだ
宗教を語る前に
国や政治を語る前に
人種や民族を語る前に
自分が人類に対してそれらを語るにふさわしい真の指導者であるか否かを
見定めなければならない
自分が人類に対して神の叡智、愛、慈悲心、赦し、感謝の言動を真に表わ
しているか否かをチェックしなければならない

そして真の宗教者、政治家、人種や民族の指導者は
自らが自らに真の正義、信頼、調和、誠実、勇気があるかどうかを問い正
　さなければならない
そこには一切の疑惑、不誠実、権力欲、エゴがあってはならない
それでこそ人類を自由で輝かしい希望あふれる世界へと導いてゆけるのだ

人類は至るところで圧政に苦しめられ、神や仏を盾に戦争を繰り返してき
た
一握りの誤った宗教指導者、政治家、人種や民族のリーダーのせいで、今
なお真の世界平和への道のりは遠いように思われる
だが、一握りの宗教指導者が悪いのではない、政治家が悪いのでもない
悪いのは人類一人一人が真理の何たるかが判らず

宗教に依存し政治に希望を託し解決を図るからである
悪いのは自分を含めた人類一人一人なのだ
自分を甘やかし怠惰にまかせ
自分の能力を否定し自分のエゴをむき出しにし
自分さえよければよいといった
自己中心的な低次元意識レベルの人類一人一人が
宗教者、政治家、人種や民族のリーダーを選択し、決定し
その上、彼らに自らの権能を与えたのだ
自分の過ちを他に責任転嫁するのは間違っている
あくまでも自分の責任
真に世界の平和を望み人類の幸せを願うならば、人類一人一人は究極の真
理を学ばなければならないのだ

人類一人一人の意識が高まれば高まるほど
選択、決定の基準が高いのである
選択、決定の価値は尊いのである
人類一人一人が真理に目覚めれば世の中に圧政など存在するだろうか
神仏の名のもとに人道的空爆とか正義の戦争などがありえようか

二十一世紀
人類一人一人の責任が問われる時代
その時は必ずすぐ来る
その時こそ祈り人たちの輝かしい言動が世に認識される時である

壁のない世界へ

真の宗教

一体、各宗教は何をしているというのか
真理だ、愛だ、赦しだなどと説いておきながら
一体どのように信者を導いているというのか

実際には
目には目を、歯には歯をと指導しているのではないか
敵のために祈ることが出来なくて
真の宗教と言えるであろうか

そこにいかなる原因や理由があろうとも
その原因追求は国家や警察に任せ
一人一人が無心に敵のために祈りを捧げる
その無私の行為こそ宗教心というものではないか

そうでなければ
宗教とはそもそも何のために存在しているのか
先師や賢人の開示した真理を
制度化し組織化し、形式化し儀式化し
伝統を重んじ伝えてゆくためのただの道具なのか

二十一世紀、宗教の問題があちこちでクローズアップされるなか

今こそ、宗教の捉え直しが必要なのではないか
宗教の権威主義的、独裁的な在り方は間違っている
世界の宗教の多様な在り方こそ
真の宗教精神の在り方と言えるのではないか
そうでなければ、宗教はいずれ崩壊するであろう

真の宗教とは
死生観、世界観、宇宙観に生きる道だ
人種、民族、国家を超えた普遍的なものである
宗教と唱えつつ、真の宗教的なものを排除しつづけている現実
赦しと愛をいかに説こうが
崇高な行為にまで高め上げられることは稀だ

二十一世紀、各宗教の果たす役割は実に重い
宗教が死に体に陥らず
再び真の宗教へとよみがえることこそ本来の道である

真の宗教とはすべての人種民族、国家、宗教を超えて
敵さえも光の中に包みこみ
世界人類の幸せと平和のために祈りを捧げることではないか
人類の心を癒し、人類に希望の光を灯しつづけるものではないのか
自らの心に敵も味方もない
すべての生命の尊厳をたたえ
すべてを愛し赦し　慈しみつづけることではないのか

真の宗教の道とは
真の祈りを人類のために捧げることである
それこそが宗教といえるのだ

真の信仰とは真理の人に至る道

人は信仰によって救済されると思っているが、そんなことはない
却って信仰によって傷つき　痛み　悩み　苦しむことのほうが多い
信仰のための信仰は真の信仰とはいえない

信仰を持つことは決して間違ってはいないが
偶像信仰、盲目の信仰ほど愚かしいものはない
信仰によって自らの神聖を汚し
信仰によって自由なる意志を剥奪され

信仰によって自らの魂の権威を神にゆだね
信仰によって小さな善や悪に把われ
信仰によって自他を責め裁き
信仰によって人間の無力さを教えられる
信仰のもとに愚鈍な偽善者の道を辿る人々が
いかに多く地上に存在することか
信仰ゆえに自分が偽りや間違った世界にいることにすら気づけない

真の信仰とは、自らを生かし他をも生かすものであり
常に他を思いやり、他の気持ち、他の立場にたって
太陽の光のように、すべてを生き生きさせるものである
真の信仰とは、すべての力を生み出す無限なる叡智を

自らが開発することである
信仰のみによって人間は救済されるものではない
信仰のみが価値ある生き方とはいえない
信仰のように見えて、およそ真行（真実なる行為）とはかけ離れた
生き方を展開している人が何と多いことか

人間の生きる道とは、神の言葉のみに頼りすがる
一方向のみに限られた道ではない
頼らせる信仰は間違っている
人間の持つ真性を奪い取り、自らを無力にしてゆくだけだ
神にコントロールされるだけだ
本来自らに課せられている義務や責任をも放棄することだ

むしろ自らの内に宿る無限なる真理を引き出し
磨き高めあげてゆく道である
歴史の歩みとともに失われてしまった霊的・真的能力を取り戻すことである
そして天の理を自らに顕すことである
無限なる愛と赦し、無限なる癒しと慈しみを他に施すことである
死後の魂、生命の永遠性を悟ることである

人は生きる行程にあって
自らの真の道を見出してゆく
崇高なる真理の道に出会え、導かれる人はいまだほんのひとにぎりの限られた人たちだ

それは自らの魂が求めたからだ
彼らは崇高なる真理を自らのものとし、日夜祈りに励み、印を組み
人類が誤った信仰の道に至るのを防いでいる
人類が真の信仰の道を歪曲してしまい、偶像・盲目の信仰の道に走るのを
　食い止める
人類は自らの内に何の偶像も刻むべきではない
偶像を信仰することによって、自らの神聖を抑圧しているのである

真の信仰とは
真理の人に至る道である

心の中の壁

国境　人種　民族　宗教の壁

なぜ国と国の間に
境界線を引くのだろう
なぜ人と人の間に
境界線を引くのだろう
なぜ宗教と宗教の間に
境界線を引くのだろう

同じ尊い人間ではないか
同じ神の生命を育む人間ではないか
誰がそこに差別をつくり出すのか
誰がそこに境界線を引くのか

人類一人一人が自らの心の中に
他との違いをつくり出し
そこに境界線を引いているのだ
いつの間にか　そこに
見えない壁が
厳然として
そびえ立つ

実際に見える壁は存在しないけれど
重く、厚く、高い壁が　築かれてゆく

人類一人一人の心が　無意識に
この壁をつくり出しているのだ

この見えない壁によって
人々は悩み、苦しみ、身悶える
この見えない壁によって
人々は殺し殺されてゆく
この見えない壁によって
人々は心の罪を重ねてゆく

人々の心の中から
この見えない壁を取り除いてゆかなければならない
打ち砕いてゆかなくてはならない

人類一人一人の心の中に潜んでいる
人への差別、分離
この違いをつくり出してゆくのは
真理より離れた心である

この壁さえなければ
水は流れ出す
四方八方へと

風は吹きぬける
光は影をつくらず
大地を自由に往来し
空気は澄み清まる
そして、人類一人一人は
愛しあい　赦しあい　抱きあう
心の中に壁をつくりさえしなければ
世界は平和になる
人類はみな幸せになる
人類即神也

ミッション達成の時

人類よ　真理の人たれ

人類よ
どこまでも気高く
高貴にして愛深く
真理の人たれ

人類よ
不可能を可能にする力は
人間のみに与えられし能力

それを真理にそって
識別し　選択し　決定できる眼力こそ
真理の人たる証《あかし》なり

人類よ
どこまでも深く　愛ある人たれ
どこまでも寛《ひろ》く
ゆるしの人たれ
どこまでも煌《きら》めく
叡智の人たれ
どこまでも素直な
純粋な人たれ

人類よ
否定的言葉をその口から一切もらしてはならぬ
語りたくなった時は強い意志をもって
その口を一文字に固く閉じるのだ
胸の嘆きや苦しみを語りたい時
神にのみ　その言葉を
祈りに託し語るのだ
そうすることにより
自らの運命も人類の運命も
大きく変わってゆくのだ

人類が一人一人　自らに誓うことによって

世界の平和は築かれてゆく

人類よ　真理の人たれ
あなたは神より引き離されて
一人で生きているのではない
あなたはその昔、神から離れていったのであるが
神はそれでもなお　あなたをいとし子として
愛し包容しつづけているのだ
あなたは常に神の中で共に生きている
あなたは私と同じく神なのだ
無限なるものすべてを秘めた
思ったことを顕現することの出来る

神々しい存在なのだ
一刻も早く自らの迷いの心　疑いの心を浄め
永遠の真理に目覚めるのだ

祈り人の偉大なるミッション

神様
私たち祈り人は、人の心を傷つける言葉を語ることを極力慎みます
意識して二度と口からついて出ないように心して努めます
人類を代表して、世界平和のため、世界人類のために、私たちは率先して
　否定的な言葉を語らぬよう自らに誓います
そして世に責任をもって示してゆきます
私たちは人類を代表して、人の心を痛めつける言葉を語ることを慎みます

人の心を悩ませる言葉を語ることを慎みます
人の心を責める言葉を語ることを慎みます
人の心を批判する言葉を語ることを慎みます
人の心を差別する言葉を語ることを慎みます
人の心を対立させる言葉を語ることを慎みます
人の心を無視する言葉を語ることを慎みます
人の心を悲しませる言葉を語ることを慎みます
人の心を不安や恐怖におとしめる言葉を語ることを慎みます
人の心を病気に至らしめる言葉を語ることを慎みます
人の心を死に至らしめる言葉を語ることを慎みます
人の心を混乱させる言葉を語ることを慎みます
人の心をあおり憤怒《ふんぬ》させる言葉を語ることを慎みます

人の心を憎しみに燃え立たせる言葉を語ることを慎みます
人の心を重くさせる言葉を語ることを慎みます
人の心を動揺させる言葉を語ることを慎みます
人の心を殺意に導く言葉を語ることを慎みます

そして
私たちは人の心から可能性をもぎ取るような言葉を吐くことを慎みます
人の心から未来や希望を奪い取るような言葉を吐くことを慎みます
人の心の生きる力を絶つような言葉を吐くことを慎みます

さらに
人の心に執着を持たせるような言葉を吐くことを慎みます
情愛を焚《た》きつけるような言葉を吐くことを慎みます
肉欲をあおるような言葉を吐くことを慎みます

不正や悪にひきこむような言葉を吐くことを慎みます

なぜならそれが意図的であれ、無意識であれ、
これらの言葉一つ一つを語るという行為そのものには
必ず語る人の感情がこめられ、想いがこめられ、
エネルギーがこめられるからであります
そして、それはやがていつか必ず
自らが語ったその同じ言葉が自分に返ってくるものであるということを
人類に知らしむるためでもあります
そして、これより我々の後に続く
若者たちがこぞって我々の意志を受けつぎ
さらに輝かしき光明の言葉のみを語りつづけてゆくならば

地球上のあちこちに
光り輝く光明の言葉のみが存在する
共磁場（フィールド）がつくり出され
ついには地球人類の子孫すべてが
光明の言葉のみにうめつくされた世界に誕生し生きることになるでしょう

ある時、彼らは
かつて地球上では否定的な言葉が語られ
その言葉の持つエネルギーによって常に戦争や暴力、対立や差別が絶え間
なく繰り広げられ
先祖たちがいかに悲惨と苦悩と絶望にあえいだ人生を送っていたかを知らされ、驚くことでしょう

そして地球上に突然、聖なる人々が出現したことによって
歴史は見事につくり変えられたことを教科書で学ぶことでしょう
その偉大な歴史の一頁を
我々は、人類に先駆けて創造してゆくのであります

世界人類が平和でありますように
人類即神也

死と生の真実

人はいつまでも永遠に生きることに執着する
人類がこれほど執拗に生にしがみつき
死を拒絶しつづけるのは何故であろうか

自分をこの世に永続させたいという
人類の圧倒的な欲求に私は驚くのである
死への重圧が常に生にのしかかり
生からも死からもなかなか自由にならぬこの現実

人類は未だ訪れもしない非現実に怯えている
そして、これほど重く人類一人一人を脅かしつづける死とは……

人は究極の真理にゆきつかなければ
いつまでも死をひるみつづけ、恐れおののきながら生きてゆかねばならない

本来、死とは、この世における不自由なる肉体の衣を脱ぎ捨てること
死によって、魂は自由自在に天に飛翔し
本源の光り輝く神界へと還ってゆくのである
魂に現世を経験させるためには
誰もが肉体の衣をまとわなければ生きてはゆかれない
この肉体の衣はいとも簡単に傷つき、痛み、病《や》み、滅びやすい物質で構成

されている
だが、それと同時にもう一つの
微細な目に見えない透明な身体があることには誰も気づいてはいない
この透明な身体は物質的肉体と同じ働き、同じ機能を果たすが
決して肉体と同じ制約に縛られることはない
現世に生きながらにして肉体を離脱し
三次元の世界を超え
どこでも魂の好きなところに自由に行くことが出来
どんなものでも自由に通り抜けられるのである
いかなる人の魂も同じである
魂は、現世と神界とを自由自在に行ったり来たりしているのである
ただ、そのことに誰も気づいていないだけのことである

この真理を知れば何も死を恐れることはない
むしろ真実を知ることによって
生の重みからも死への重圧からも自由になれるのである

人は必ず誰もが死ぬ
死ななければ自らの進化創造が成りたたない
大いなる存在への帰一が果たせない
それなのに、人は現世の生に執着する余り
一人肉体に取り残されたまま
永遠に低次元意識にとどまったまま生きざるを得ないのである
それでは何のための生であるのか
死は、自らの生命の本源、宇宙神と一体になることである

人類皆即神也

崇高な死

肉体全身を貫き　脈々と流れる
生命の力　生命の聖霊
自らが自らの生命に耳を傾けるならば
輝ける生命のメッセージが聞こえてくる

生命そのものは
常に自らにメッセージを送りつづけている
自らがそれを聞こうとしないだけだ

自らが自らの心に目隠しをしてしまっているだけだ
時が満ち　時が至るならば
自らの死に逆らわず　自然に迎え入れようと心澄ませば
誰でも生命のメッセージが届けられる
死は生の究極の一瞬
永遠によみがえる光り輝く一瞬

魂も肉体も正装で死を迎え入れるのだ
肉体は崇高にして気高い
だがしかし　あくまで魂の従者でしかない
不自由なる肉体から解き放たれ
神の光の中に融け入ってゆくその瞬間

魂は優雅に晴れがましく誇り高く
天へと昇ってゆくのだ

自らの死は
これから永遠に続くわが家族や人類の礎《いしずえ》となり
彼らの運命の支えとなり
彼らの希望の指標となる
自らの死によって
彼らと共に永遠に生きつづけるのだ

本来、いかなる死さえも何の不安も恐怖も動揺もないものである
むしろときめきと歓喜に打ちふるえ

自らの魂は静かに長年連れそった自分の肉体との別れを惜しみ感謝しつつ
今生の別れを告げるのである

何十年の長きにわたる間
わが魂と共に生きつづけた
このいとおしき肉体
ああ何と有り難きかな　何と尊きかな
今生でのわが役目も果たし終え
ついに肉体を去る時に至った
今までわが魂の宿として
よくぞ働きつづけてくれた
そしてわが魂をよく支え保ちつづけてくれた

この恩は決して忘れられるものではない

わが生命　わが魂は
肉体の中に在って　肉体と共に
さまざまな体験を積み重ね
ついには光り輝く神霊の世界へと次元上昇するまでに至ったのである

そして今日また新たに人類の数名の人々が
自らの肉体と別れを告げるその瞬間が訪れたのだ
神霊界へと次元上昇をとげてゆく最もふさわしき佳《よ》き日が決定されたのだ
肉体から光へとさらに昇格する瞬間なのだ
何と崇高なことか　何と栄誉あることか

肉体を離れることを許され
光り輝く神霊界へと昇格するのである
これこそわが生命　わが魂が究極に行きつくところ

今生にて縁あって結ばれし
わが夫　わが妻　わが両親　わが子たちと共に暮らしてきたわが人生
苦しきことも　悲しきことも　辛《つら》きこともたくさんあった
嫌な時も　耐えられない時も多々あった
また嬉しきことも　楽しきことも　ほんの少しの幸せと喜びも体験した
そのすべてが今終わろうとしている
いかなることも今となってはすべてが赦され
神と共に在るのだ

皆に無限なる感謝のみを告げて
わが肉体とも別れる時が来た

わが生命　わが魂は
天と地をつなぐ光となり
天に帰って人類のために働くのだ

わが肉体の死を迎え入れる沈黙の瞬間
それはときめきの連続　歓喜のうねり
宇宙の鼓動の中に　高次元の響きの中に
恐れ多くも勿体なくも
全く一つに融けてゆく瞬間なのだ

世界人類が平和でありますように
守護霊様守護神様　本当にありがとうございます

真理を知らぬ人々は
死をいたずらに恐れおののき
不安と恐怖の念に取り巻かれる
死を必死で避けたいがためだ
だが本来、誰もが死をいつでも迎え入れる用意がすでに整えられているものなのである

死とは
最後の一息を宇宙の法則に則ってなす瞬間である

法悦そのものである
今生一世一代　光り輝く瞬間である
と同時にわが肉体と訣別する瞬間でもある
そして無限なる生命　生を生きつづけるのだ

西園寺昌美（さいおんじまさみ）
祈りによる世界平和運動を提唱した故・五井昌久氏の後継者として、＜白光真宏会＞会長に就任。その後、非政治・非宗教のニュートラルな平和活動を推進する目的で設立された＜ワールド ピース プレヤー ソサエティ＞代表として、世界平和運動を国内はもとより広く海外に展開。１９９０年１２月、ニューヨーク国連本部総会議場で行なった世界各国の平和を祈る行事は、国際的に高い評価を得た。１９９９年、財団法人＜五井平和財団＞設立にともない、会長に就任。
２００８年には西園寺裕夫氏（五井平和財団理事長）と共に、インド世界平和賞「哲学者 聖シュリー・ニャーネシュワラー賞２００７」を受賞。また、ブダペストクラブ名誉会員、世界賢人会議（WWC）メンバーとして活動する傍ら、ドイツ・テーブル・オブ・フリー・ヴォイスィズへの参加や、ユナイテッド・レリジョンズ・イニシアティブ国際平和会議での主演説、ミュンヘン国際平和会議、ミュンヘン大学、アルバート・シュバイツアー世界医学学会、ポーランド医学学会、ロータリークラブ主催の教育講演会、スイスでのグローバル・ピース・イニシアティブ等、多数の講演を通じて人々に生きる勇気と感銘を与えている。
『明日はもっと素晴しい』『真理―苦悩の終焉』『教育の原点―運命をひらく鍵』『今、なにを信じるか？―固定観念からの飛翔』（以上、白光出版）
『あなたは世界を変えられる（共著）』『もっともっと、幸せに』『無限なる幸せ』（以上、河出書房新社）
『You are the Universe』
『The Golden Key to Happiness』
『Vision for the 21st Century』　など著書多数。

白光真宏会出版本部ホームページ　http://www.byakkopress.ne.jp/
白光真宏会ホームページ　http://www.byakko.or.jp/

インフィニット・ワーズの詩（1）
輝ける生命のメッセージ
平成二十一年五月二十五日　初版
著者　西園寺昌美
発行者　平本雅登
発行所　白光真宏会出版本部
〒418-0102　静岡県富士宮市人穴八一二–一
電話　〇五四四（二九）五一〇九
ＦＡＸ　〇五四四（二九）五一一二
振替　〇〇一二〇・六・一五一三四八
東京出張所
〒101-0064　東京都千代田区猿楽町二–一–一六　下平ビル四〇一
電話　〇三（五二八三）五七九八
ＦＡＸ　〇三（五二八三）五七九九
印刷所　株式会社明徳印刷出版社
乱丁・落丁はお取り替えいたします。
定価はカバーに表示してあります。

ISBN978-4-89214-191-1 C0014